about a love song

Hiroko Natsuno

Aus dem Japanischen von Guido Pink

about a

Inhalt

love
song

Kapitel 1

about a
love
song

Hiroko Natsuno

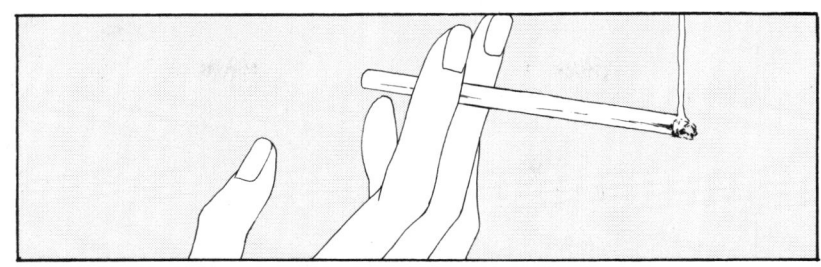

Ich bin Mizuki Hoshina. 28 Jahre alt.

Ach, echt?

Tu nicht so vergesslich!

Du meintest doch, du musst heute nicht arbeiten!

In der Band spiele ich Gitarre und singe.

Ich bin in einer Band ...

... und arbeite im Konbini.

Aber ich brauche die Kohle!

Lüg nicht! Du weißt selbst, dass es dir nicht um die Kohle geht!

Du hast bloß keinen Bock, darüber zu reden!

Mizuki?

6

*Schlafen,
aufwachen,
essen...*

Kalender

*... singen, Musik
machen...*

*...kassieren, Ware
einordnen.*

← Bis zum 15.!

24.	25.	Mi.	28.	29.	Sa.	So.
Mo.	Di.	Mi.	Do.	Fr.	Sa.	So.
O	X	X	16-22	16-22	O	O

Ich muss
dem Chef
sagen, wann
ich nächsten
Monat arbeiten
kann.

Richtig!

Kekse 12 Stück

... aber auch unkompliziert.

Mein Leben ist monoton...

Hey!

Mizuki!

Guten Morgen!

Ahahah!

Du laberst wieder Schwachsinn!

Ich war nur kurz überwältigt von dir, Seto!

Ach...

Hä?

Morgen!

Warum guckst du so?

Echt?

Dagegen wirkst du strahlend rein.

Ich habe ständig mit Leuten zu tun, die gezeichnet sind von ihrem Ehrgeiz und ihrer Egozentrik.

Schwachsinn?

Solche Seiten habe ich aber auch.

Ich bin auch zielstrebig und mache mir Gedanken.

Na ja...
Wobei...
... ich dann meist Hunger habe...
... oder müde bin oder so!
Oder welches Videospiel ich mir als nächstes hole.
Ach so...
Klar, was hatte ich erwartet?
Hä?
Videospiel?
Weißt du nicht, was ich meine?
Guck, das Ding in Rot und Blau...
Die Konsole!
Nee, sagt mir nix...
Konnsohle?
Äh...
Trotzdem...
Stimmt, Studenten haben auch so ihre Sorgen...
Sorry, dass ich ungefragt »Trost« projiziert habe.

... hat er etwas unglaublich Heilsames.

Ich will mir eine kaufen. Kannst sie dir gern mal ausleihen.

Danke!

Kein Wunder, dass ich seine Gegenwart beruhigend finde!

Hach...

Mit Studis zusammenzuarbeiten...

... ist echt entspannend!

Und weiter?

12

Nicht-einvernehmlicher Sex ist illegal!

Was willst du plötzlich, Yutaka?

Auf was?

Pass lieber auf...!

Waaas?!

Für einen Genießer, der den sinnlichen Freuden nicht abgeneigt ist!

Ey, für wen oder was hältst du mich eigentlich?!

Ich will nicht durch einen Shitstorm berühmt werden!

Pass auf!

Du meinst es ernst, so wie du guckst...

Als du beim Konzert ausgerastet bist und die Bühne zerlegt hast!

Als du eingepennt bist und zu spät kamst!

Wie oft hast du uns in Schwierigkeiten gebracht, weil dein Verstand dich im Stich gelassen hat?

Und ob, Mann!

Respekt vor deinem guten Gedächtnis, Kyo...

Penible Leute mögen mich meistens nicht.

Hey! Guck mich an, wenn ich mit dir rede!

Vielen Dank!

Das ist unfair.

Ich übernehme!

Danke, Hoshina!

Okay, danke!

Vielen Dank für Ihren Einkauf!

Wenn es rein um Sex ginge...

... würde ich mir was Einfacheres suchen.

Allein, dass wir beide Männer sind...

WRRR

Hast du einen Schirm dabei?

Es gießt in Strömen.

Die haben ja¹ keine Ahnung.

Wow, krass...

PRASSEL

FSSHAAAA

... habe ich ihn mit zu mir genommen.

Am Ende...

So pitschnass...

Kann ich deine nassen Klamotten in die Waschmaschine werfen?

Seto?

Ach so!

Ja, gern!

... bereue ich es am Ende noch...

... dass ich nicht nach Hause gegangen bin...

Sein Haar...

Dabei wäre es nicht schlimm!

Es ist noch nass.

Wenn er zumindest darauf bestehen würde.

»Es ist nichts Gravierendes.«

22

Wenn ich neben dir schlafe...

... kann ich für nichts garantieren. Kannst du deshalb bitte im Bett schlafen?

Also...

...

Noch mal ordentlich.

Mist...

Ver-masselt.

Was mach ich bloß?

Wie unangenehm.

Ich stehe nämlich auf Männer.

Vielleicht sollte ich mir einen neuen Job suchen.

Tut das...

... weh?

Hey, hey, hey! Stopp! Stopp!

Du kannst ihn dir nicht einfach krallen!

Zumal Seto der Mut zu verlassen scheint.

Das geht nicht. Das weißt du doch!

Hach...

*... kennen
mich leider
zu gut...*

*Kyo und
Yutaka ...*

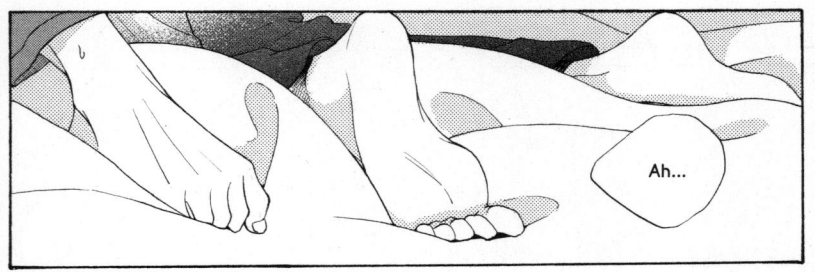

Ah...

Hah...

Mizuki...

Gott,
ist der
süß...

Selbst
ich frage
mich...

Keine
Sorge.

... wie lange ich so was noch machen will...

Das, was wehtut...

... verschieben wir aufs nächste Mal.

Wow, bist du ein Frühaufsteher!

Was?

Haushohe Niederlage.

ZWITSCHER

ZWITSCHER

Ach so, na ja.

... wir uns knapp geeinigt haben...

Du Armer!

Ich hätte nicht gedacht, dass Studenten auch so früh anfangen!

Ich habe gleich Unterricht!

Ach, richtig.

Na ja, wobei...

Was?
Ich geh
noch zur
Schule.

... ich bin Oberschüler!

Wie bitte ...?!

Na ja. Ich sagte doch...

Ich muss vor der Schule noch meine Uniform anziehen. Deshalb gehe ich jetzt, okay?

Waaaaas?!

Danke...

... dass ich hier übernachten durfte!

36

ZWITSCHER

ZWITSCHER

Hah...

Es ist
morgens...

Kapitel 2 about a
love
song
Hiroko Natsuno

Mizuki Hoshina
Line Audio

BWWW

Was?

...

Was ist?

Kyo...

Wie komme ich dahin? Ins Ausland?

Was?
Manchmal...
... muss man einfach sein Ding machen...
... und dann geht die Rechnung auf.

Rechnung!

Hä?

Was...

Quatsch!

Was?

Warum hast du deine Schichten umgelegt?

Ich bringe...

... kurz den Müll raus, okay?

Ich...

Ich hätte nicht einfach vorbeikommen sollen! Tatsächlich war ich kurz davor, nach Hause zu gehen!

Sorry!

Ich habe nicht nachgedacht.

Nein, im Gegenteil.

Mir tut's leid.

Entschuldige...

Ich habe gesagt, ich will es tun.

Dich trifft keine Schuld, Mizuki.

Ich meinte zwar, es sei nichts Gravierendes, aber...

Du hast damals gefragt...

... warum ich nicht nach Hause gehen will.

Bitte?

Wovon redest du?

Mein...

... Traum ist es, Kindergärtner zu werden.

Es ist wirklich...

... nichts Wichtiges.

Meine Oberschule ist eine absolute Topschule!

Je elitärer deine Herkunft, desto wertvoller bist du – so ist zumindest die Stimmung.

So eine Schule, an der nur Leute sind, die Medizin studieren wollen.

Ich habe auch...

... was auf dem Kasten, so ist es nicht!

Ich habe dich quasi ausgenutzt.

Das ist alles.

...

... überkam mich eine leichte Panik.

Wie gesagt...

... hast du über deine Berufswahl nachgedacht?

Während ich mit meinen irdischen Begierden gerungen habe...

Im Ernst?

Die Einzelheiten sind nicht so schlimm, dass du dir hättest Sorgen machen müssen!

Na ja...

Irdische Begierden?

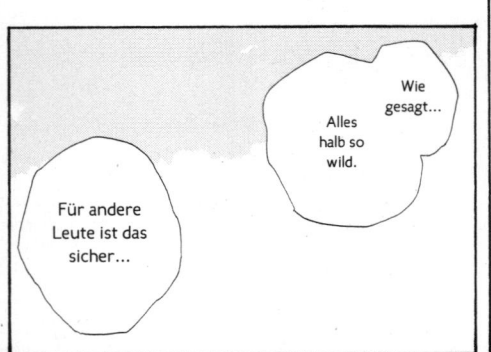

Wie gesagt...

Alles halb so wild.

Für andere Leute ist das sicher...

... eine totale Lappalie...

... auch nur...

Ach so...

... schweinische Sachen im Kopf...

Außerdem hatte ich in dem Mo-ment...

Wenn ich mich zurückerinnere ...

Deshalb denke ich...

... mag ich die Bands ...

... die ich als Oberschüler mochte...

... heute noch.

... dass du jetzt schon wichtige Entscheidungen treffen kannst...

... auch wenn du noch jung bist.

»Darf ich…

… wieder vorbeikommen?«

Wie süß…

Dabei besitze ich nicht mal…

… spannende Videospiele…

»Klar.«

Irgendwas Hitverdächtiges!

Wir brauchen ein Liebeslied!

Ihr habt gut reden! Ihr wisst, dass ich schlecht in Liebesliedern bin.

Dann finde raus, was Liebe ist!

Schreib uns endlich neue Songs!

Von dem Pass mal abgesehen, Mizuki...

Schreib du doch welche, Kyo!

...

Ich bin kein Songwriter!

... indem du was mit dem Studenten von neulich anfängst!

Zum Beispiel...

Sag nicht, du...

Was?

Anfang Dreißig-jährige sind noch nah dran, aber gleichzeitig schon ein bisschen reifer. Das wirkt sicher attraktiv.

Selbst bei einem Taugenichts wie Mizuki!!

Na ja, Studenten sind Anfang zwanzig.

Verstehe!

Warum kriegt der Kerl jeden rum?

Haaah...

Verstehe.

Ich kapier's nicht!

»Jeden« wäre zu viel gesagt...

Junge Leute sind flatter-haft! Trends kommen und gehen!

Aha?

Wieso?

Ich habe mich aber inzwischen wieder abgeregt!

Früher oder später sucht er sich jemanden Neues!

Ich find die
Instrumente
spannend.

Interessiert
dich irgend-
was von den
Sachen hier?

Ich bin
also...

... ein
Trend.
Aha...

Ich dachte, ich spreche es lieber aus. Sonst rennst du wieder weg.

Wow, ziemlich direkt.

Nur in mich?

Lektion gelernt!

Verstehe.

Du...

Bin ich zu jung für dich...

... auch wenn ich mich in dich verliebe?

Bin ich...

... ein Trend für dich?

Was?

Bin ich ein Trend?

Nein, ich glaube nicht.

Okay!

Er gibt mir sein Okay...

Du bist echt seltsam, Mizuki!

Bin ich nicht.

Es gibt noch viel seltsamere Leute!

Was heißt »okay«?

... warst du das neulich Nacht...

... und nicht jemand anders.

Zum Glück...

Sorry! Du gehst jetzt besser!

Warum?

Was?

Überhaupt nicht!

Ü...

Warum sagst du so was?

Was?

Wie fies!

Du fasst mich...

SPLAAASH

Uwah!

Äh...
Alles klar! Schon gut! Du musst mich nicht anfassen! Ich frag auch gar nicht mehr!
TROPF
TROPF
Alles in Ordnung?
Richtig!
Wir bleiben einfach neutral! Dann kann nichts passieren!
SCHLURF
Wenn wir neutral bleiben...
PACK
... können wir uns weiterhin treffen...
Ich...
... kann so was nicht gut.

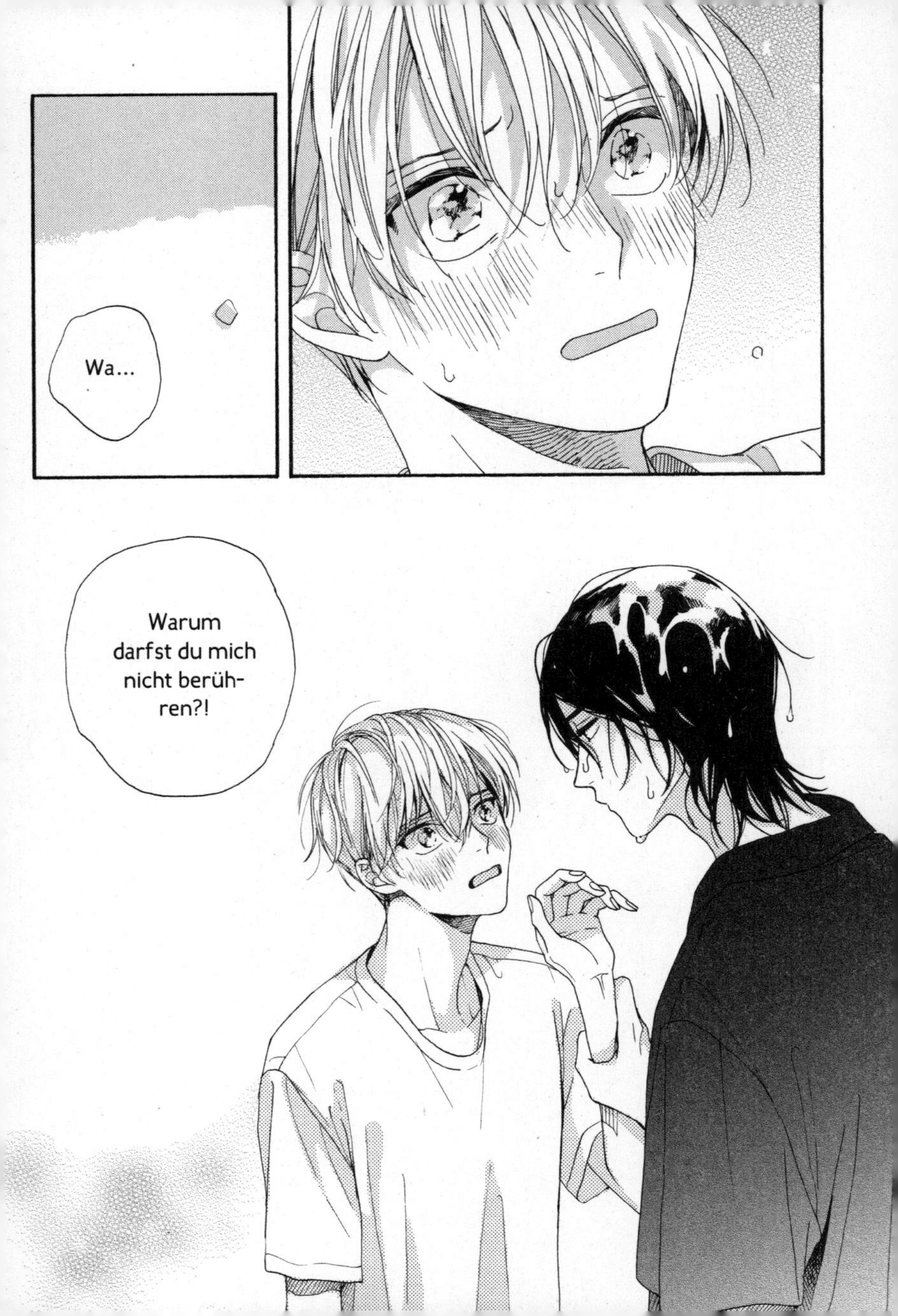
Wa...
Warum darfst du mich nicht berühren?!

Kapitel 3

about a
love
song

Hiroko Natsuno

Wenn er mich anschaut wie ein verirrtes Kind...

... will ich jedes Mal seine Hand nehmen.

Bitte gib mir ein Abendessen aus!

Was?

Du denkst zu oberflächlich!

Ich hatte mich gerade unter Kyos Protest mühsam aus Setos Schichten austragen lassen!

SHALA

LAAA

Magst du mich etwa nicht?

Warum nicht?

Weil wir gleichzeitig Feierabend machen.

Warum?

Ich bitte dich lediglich darum, mit mir essen zu gehen!

Aber dabei bleibt es ja nicht...

Hoshina, weißt du schon, was du willst?

Vielen Dank für Ihre Bestellung!

DING DONG PA... LI M PA... LI M

Du machst das extra, oder?

Pad Krapao* ...

Einmal Pad Krapao!

* thailändisches Reisgericht

Okay, dann nehme ich das auch!

Pad Krapao... Ist das lecker?

...

Alles klar!

Ist es.

Ja.

Hat sich die Sache ...

... inzwischen geklärt?

Was?

Wie läuft es mit deiner Berufswahl?

Ach so...

75

Ich habe kurz mit meinem Klassenlehrer gesprochen.

Er meinte, ich soll mit meinen Eltern darüber reden.

Allerdings konnte er nicht verbergen, dass er es schade fand.

Hatte ich was im Haar?

Hä?!

Einen Nashorn-käfer.

Was du nicht sagst...

Manche essen sie wohl auch.

Worüber reden wir eigentlich?

Wie heißen Leute noch, die Käfer essen? Ento-mophagen?

In Thailand lässt man diese Käfer gegeneinander Sumo kämpfen und...

Gehört zur Familie der Scarabaei-dae.

Und?

Was redest du da?

Scara... was??

Bitte sehr! Zweimal Pad Krapao!

Gemeinsam essen ist irgendwo dazwischen.

Muss die Nam Pla* sein.

Na ja, wobei ich das beim ersten Mal...

* thailändische Fischsauce

Man sagt ja, dass sich der Geschmackssinn verändert, wenn man erwachsen wird.

Stimmt das?

»Auch dachte«...

... auch dachte...

Glaube ich.

Echt?

...

Du...

Ich kann's mir nicht vorstellen.

Freut mich, dass du Fort-schritte...

... bei deiner Berufswahl machst.

Oh!

Tut mir leid!

Ich kann nicht essen...

... wenn du mich so anstarrst.

Das ist keine Antwort!

Weil du noch Oberschüler bist.

Warum ist es ein Problem, dass ich Oberschüler bin?

Setooo...

Du hast selbst gesagt...

... dass Jungsein nicht automatisch bedeutet, dass man falsche Entscheidungen trifft!

Wenn wir schon offen reden, warum erzählst du mir dann nicht mehr über deine Berufswahl?

Weil...

Und wenn schon! Du kannst mich mal!

Du bist feige!

Wenn ich »mutig« wäre, hättest du ein Problem!

... du mich ablenkst. Deshalb.

Na ja, ich meine...

Besser so, als wenn irgendein Aufreißer ihn sich schnappt.

Oder?

Vielleicht ist es besser so.

Oje!
Tut mir leid! Alles in Ordnung?
Sie sind kreide-bleich!
Sie sollten sich besser hinlegen.
Nicht nötig …
Ich habe eine Verab-redung …
Aber …
ISUZUYA
Mama?

88

Ist das so?

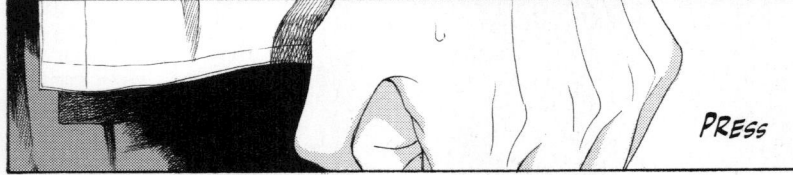

PRESS

Mama?

Ich muss dir was sagen...

Ich...

Das Taxi braucht ewig...

Seto...

Ich hatte mir deine Mutter...

... strenger vorgestellt.

Preiswerte und leckere chinesische Küche

Öffn 13:00

Irgend- wie.

Ich weiß. Sie ist ziemlich gesprächig.

Fandest du
auch, dass sie
kein bisschen
enttäuscht
wirkte?

»Weiß
nicht«?

Weiß
nicht...

Du meinst
wohl eher:
»Nein, gar
nicht!« Oder:
»Ja«.

Zumindest
wäre das
die normale
Reaktion.

Ich
meine
...

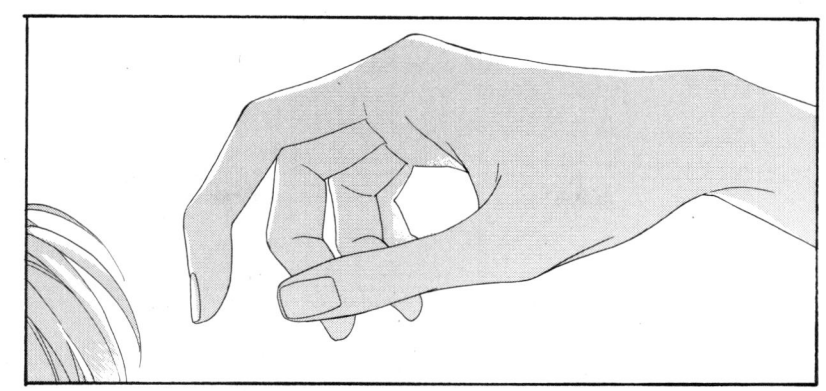

Wir spielen nächsten Samstag.

Falls du Zeit hast.

Kla...

Klar, gerne!

Seto?

Hast du Lust, zu meinem Konzert zu kommen?

Was?

Ich glaube, das ist das Taxi.

Ist Mizuki schon da?

Ja, schon seit einer Weile.

Was ist denn mit dem los?

Guten Abend!

Huch?

Mizuki?

Hi!

...

Oh, mein Gott!

Etwa ein neuer Song?

Sieh an...

Morgen!

Hä? Was spielt er?

Keine Ahnung. Ich kenne das Lied nicht.

Wird Zeit! Das Konzert ist nächste Woche!
Ich werde alles tun...
... damit du...
... die Zeit mit mir nicht bereust!

Kapitel 4

about a
love
song

Hiroko Natsuno

TRUBEL

RAUN

Die Band scheint echt beliebt zu sein!

Was denkt ihr?

POCH

POCH

Wow! Hier ist viel mehr los, als ich dachte...

LÄRM

LÄRM

Wie...

Wie cool...!

Einerseits will er nichts mit mir anfangen.

... aber er ist tatsächlich...

... mit Leib und Seele Sänger!

Es war mir zwar klar...

Andererseits bin ich mir sicher, dass er mich auf keinen Fall wegstoßen will.

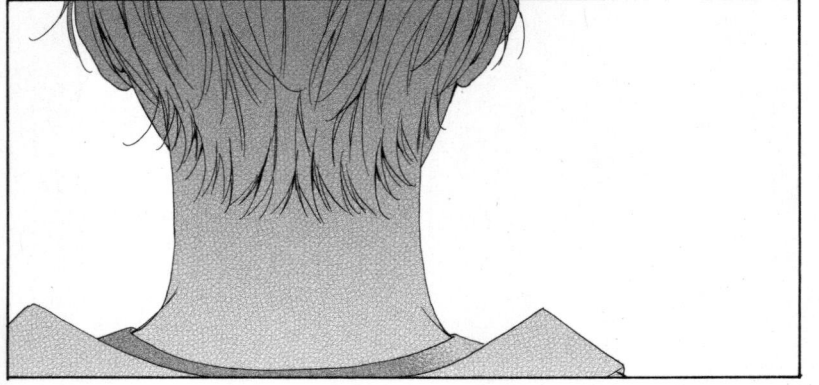

»About
a Love
Song«…

Hm?

Ähm...
Hi!

Hat er dich echt allein hinter die Bühne bestellt? Der Kerl hat Nerven!

Tut mir leid.

Verstehe. Bist du ein Fan von ihm?

Mizuki meinte...

... ich soll in seine Garderobe kommen.

Polizei...

Ja.

Bin ich!

... der mit ihm zusammen im Konbini arbeitet?

Bist du möglicherweise der Junge...

Hast du...

... unseren neuesten Song gehört?

Ja.

Aha.

Danke, dass du gekommen bist!

Das Lied ...

Du warst...

... der Wahnsinn! Total cool!

Was? Echt?

Juchhu!

... ganz zum Schluss, war das...

KNARZ

Seto...

Du...

Ich...

Nicht!

117

Ich werde dir...
... von nun an aus dem Weg gehen.
Warum reden wir immer nur darüber...

120

Tut mir
leid.

Danke...

... dass
du dich in
mich ver-
liebt hast.

Viel
Erfolg...

... bei
deinen Prü-
fungen!

Das Lied am Schluss...

»Ich nehme deine zarten Hände...

... die ausgestreckt sind wie im Gebet.«

»Während ich mich losreiße...

... hoffe ich, dass es Liebe ist.«

... muss sein Abschieds-lied gewesen sein.

Scheiße...

Ich bin so
wütend...

SCHNIEF

Zum
ersten
Mal...

... hatte ich das
Gefühl, dass Mi-
zuki mich wie ein
Kind behandelt.
Das nervt mich
tierisch!

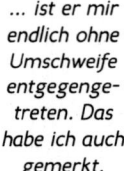

... ist er mir endlich ohne Umschweife entgegenge- treten. Das habe ich auch gemerkt.

Gleichzeitig...

Hah...

Ich könnte
kotzen!

Von
wegen...

... »Love
Song«!

Von heute
auf morgen
kündigte Mi-
zuki den Job im
Konbini.

Wir sahen uns nicht mehr wieder...

... und dieser verfluchte »Love Song«...

... der ursprünglich nur mir allein gehört hatte, fand immer breiteren Anklang.

and more – About a Love Song

110 Millionen Aufrufe · vor 5 Monaten

Kapitel 5

about a
love
song

Hiroko Natsuno

Kohaku Utagassen*

Die Künstler des diesjährigen Kohaku stehen fest!

Zum ersten Mal dabei sind…

* seit 1951 jährlich zu Sylvester ausgestrahlter Gesangswettbewerb

KLICK

… »and more«, deren Song das Titellied einer allseits beliebten TV-Serie ist!

Das dazugehörige Musikvideo wurde über 100 Millionen Mal aufgerufen!

KLICK

... wie toll es wäre, wenn mein Sohn Medizin studieren würde.

... gab es Momente, in denen ich mir vorgestellt habe...

Also doch!

Natürlich...

Danke fürs Frühstück!

Damals befürchtete ich...

... du willst vielleicht lieber, dass ich an eine medizinische Universität gehe!

... wenn du diesen Weg nicht selbst gewählt hättest!

Aber dann hätte ich es schade gefunden...

Wie jeden Tag...

Wirklich?

Na ja, manchmal reflektieren sie in der Tat Dinge, die ich wirklich erlebt habe!

Die Liedtexte?

Aber irgendwie ruft der Liedtext Erinnerungen wach!

Spannend...

Verdammt...

Gespräch vergangener Tage

Ich kann mir nicht helfen.

Stimmt es, dass Mizuki von »and more« da auch gearbeitet hat?

Du hast doch früher beim Konbini am Bahnhof gearbeitet!

Ich wünschte, er würde Texte darüber schreiben, wie er im Konbini Snacks frittiert, damit die Kritiker sie zerreißen können!

Hm?

Ja.

Was? Krass!

Hey, Seto!

Hey! Über was redet ihr?

Unsere Schichten haben sich ziemlich oft überschnitten. Deshalb ja.

Na ja...

KYAAAH

Mega! Wie beneidenswert!

Der Wahnsinn ...!

Hast du mit ihm geredet?

Passt gar nicht zu ihm.

Mizukis Vater leitet angeblich ein Krankenhaus!

Tatsächlich!

Wer hätte das gedacht?

In einer Zeitschrift meinte er sogar, dass seine Eltern gegen seine Musikkarriere waren!

Und Kyo, der Bassist, war angeblich auch auf seiner Oberschule!

Wow! Mizuki hat früher hier in der Nähe gewohnt!

Echt?

Echt?

Beziehungsweise... Seto! Hast du Mizuki nicht nach seiner Nummer gefragt?

»Es fühlt sich an, als sei er plötzlich meilenweit weg!«

In letzter Zeit...

Was für eine vertane Chance!

Hast du nicht?

Nein.

... scheint meine Erin-nerung an Mizuki und mich...

... immer mehr zu verblassen.

SCHNÜFF

Das Kohaku! Ein Traum wird wahr!

Danke.

Das höre ich oft, seitdem sie Hits sind.

Ich habe immer daran geglaubt, dass deine Songs irgendwann zu Hits werden!

Das Musik-Event schlecht-hin!

Weinst du etwa, Kyo?

Was?

Klar, weine ich!

Das ist das Ko-haku!

Sicher?

Ich freue mich doch!

Wobei du dich selbst...

... ruhig ein bisschen mehr freuen könntest, finde ich!

Was?

Kyo macht sich Sorgen, weil du in letzter Zeit so depri bist!

Na ja...

Immerhin ist heute ist schon der 31.!

Es ist allerhöchste Eisenbahn!

SST

Wenn ich ehrlich bin.

Um genau zu sein, frage ich mich, ob der Song...

... den du bis Ende des Jahres fertig schreiben wolltest, auch wirklich fertig wird!

Wa...

Sicher

Na ja, selbst wenn der Song nicht fertig wird, fällt dadurch nur eine wichtige Kollaboration ins Wasser!

Mizukis Gesundheit hat eindeutig Vorrang! Da sind wir uns einig!

Zumal man Songs nicht am Fließband produzieren kann!

Das ist nicht seine Schuld! Schließlich hatten wir dieses Jahr mit Fernseh-aufnahmen und Interviews mehr Termine!

Yutaka!

Ich halt mich raus

Uh...

SCHNAPP

Lass mich los!

Nach unserem Hit bekamen wir mehr Aufträge.

Wir zählen auf dich.

Ich gebe mein Bestes!

...

Stimmt...

Irgendwie kriege ich Lampenfieber.

Wir sind beim Kohaku!

Und ehe wir uns versahen, war das Jahr rum.

Wahnsinn!

Bitte einmal die Augen schließen!

Mhm.

... wohl auch...

... zu-guckt?

Ob er...

Es fühlt sich an, wie etwas, das auf dem Grund eines Wasserglases ruht...

Ich sollte das lassen.

... und alles trübt, wenn man das Glas etwas bewegt.

Erinnerungen verblassen mit der Zeit.

Aber so ist das wohl.

TAPP

Als Nächstes kommt für Team Weiß…

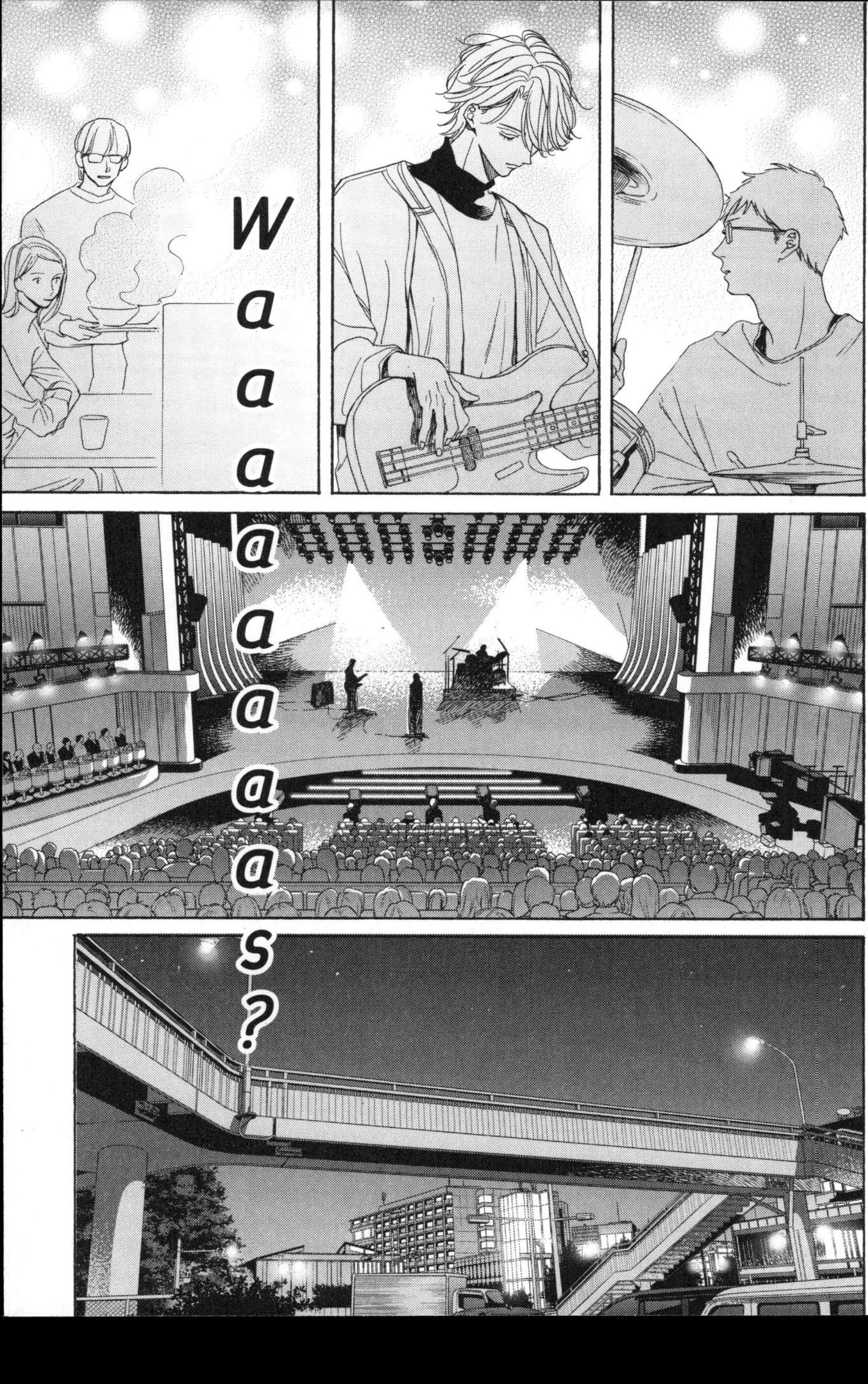

Waaaaaaaaas?

Seto!

Äh...

Was?

Pardon.

Ich...

... bringe
ihn nach
Hause.

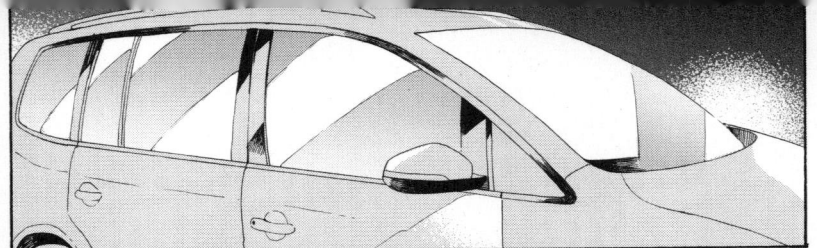

Ähm...

...

...

VRROOM

Lang nicht gesehen!

Ach so!

Beziehungsweise...

Geht es dir gut?

... frohes neues Jahr!

Ich lasse dich ab sofort in Ruhe.

Ich dachte mir: Warum nicht?

Kyo steckt also dahinter...

Hatte gar nicht mitgekriegt, dass ihr Nummern ausgetauscht habt.

Ich war auf seine Einladung da.

Jemand aus seiner Familie hatte abgesagt und er hat mich gefragt, ob ich Lust habe.

Kyo hatte mich gefragt.

Hm?

... wie lange Seto braucht, um über mich hinwegzukommen?

... bin ich sogar noch viel, viel gemeiner.

In Fleisch und Blut...

Komm schon!

Hier...

... müsste es sein, oder?

Bitte lös dich auf und verschwinde!

Ja.

Okay...

BATAMM

Viel Erfolg!

Und...

Bis dann!

Nein.

Dann...

... gehe ich clubben...

... und feiere mit fremden Kerlen so richtig ab!

SWRL

Hey!

Hm?!

Moment!

Warte!

So richtig
abfeiern?!

Kapitel 6

about a
love
song

Hiroko Natsuno

Ich glaube, er hat bestanden!

Wow!

Wahnsinn!

Wie ging die Prüfung für ihn aus?

Jetzt bin ich kein Oberschüler mehr.

Tja...

... das Gebäude betrete, bin ich irgendeine obskure Person, die hier nichts zu suchen hat.

Wenn ich ab morgen...

SCHLAPP

SCHLAPP

Seltsam.

Huch!

Ich trage noch Pantoffeln!

Haha!

Hab ganz vergessen, meine Schuhe anzuziehen!

Hey! Seto!

172

Wenn ich daran denke, dass ich hier rausgeschmissen werde...

... werde ich automatisch unsicher...

... ob ich überhaupt schon erwachsen bin!

Ich bin kein Oberschüler mehr...

Wie erwartet habe ich Mizuki seitdem nur auf irgendwelchen Bildschirmen gesehen.

Aber trotzdem...

... wuchs meine Angst, ihn zu besuchen, um mir eine Entschuldigung abzuholen.

Mit der Zeit...

Vielleicht...

... bin ich doch ein bisschen erwachsener geworden.

Hä?

Hah...

Hah...

Haah...

Ich ver-
misse
ihn...

Er weigert
sich, mich
zu treffen,
will mir aber
trotzdem
gratulieren.

Seine Fürsorglich-
keit, die zugleich
unfair ist, mochte
ich immer schon
an ihm.

Ja...

Nee, da ist niemand!

24 Stunden Parken
1320 Yen*

* cira 8 Euro

Uff! Hab ich mich erschrocken!

Und ich erst!

Ich dachte...

...

... ich sehe dich nie wieder!

Ja.

Ich weiß.

Anderer-seits...
... hätte ich ein kleines Problem damit...
... dass du clubben gehst.

Als dein Arbeitskollege, versteht sich.

Ich dachte, zu diesem Anlass kann ich zumindest vorbeischauen, um dir zu gratulieren! Deshalb kam ich her.

Auf jeden Fall ist heute deine Abschlussfeier!

Was?

War das keine gute Idee?

Ich dachte, auf diese Weise kann ich dir notfalls wenigstens gratulieren, falls ich dich nicht erwische.

Na ja, was soll ich machen?

Ich meine... Leg mir keinen Brief hin, wenn du persönlich da bist!

Du weichst schon wieder aus!

Ich wusste ja nicht, ob ich dich persönlich antreffe.

Das ist total verwirrend!

Als ich an deiner Schule ankam...

... fragte ich mich plötzlich...

... was ich mache, wenn du völlig unbeteiligt reagierst.

Kostet
echt Mut,
jemanden zu
besuchen.

Ich habe
nach wie
vor Angst
davor...

... dass ich dich
manipulieren
könnte.

Deshalb
kann ich dir
nichts ver-
sprechen.

Ich bin le-
diglich ein
Kollege.

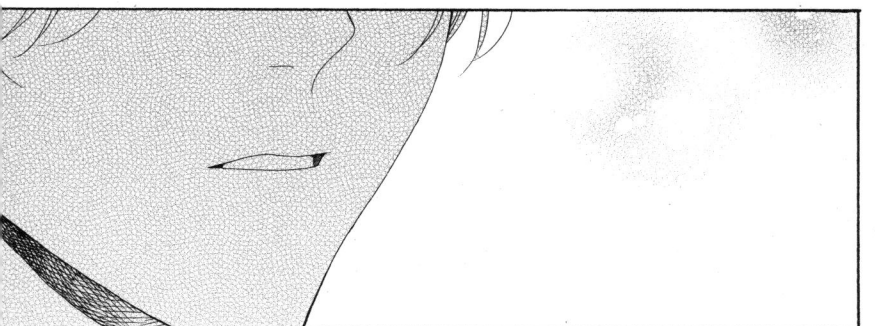

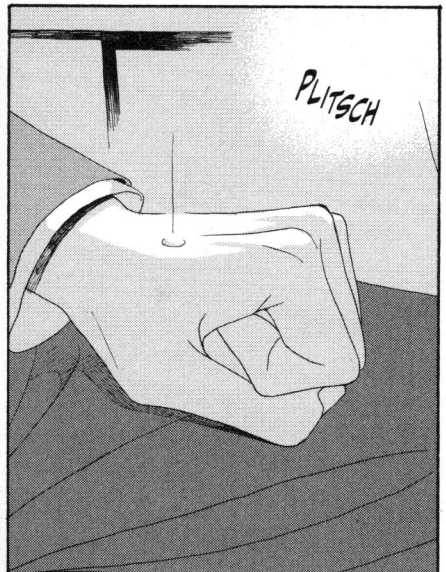

PLITSCH

Seto...

Was ich
gerade mache,
ist total unfair.

Ich weiß!

*Warum
macht
dieser
Mensch...*

... und schafft es bis zum Schluss, *nicht* meine Hand zu nehmen, obwohl mir die Tränen nur so übers Gesicht laufen.

... hält sich mit jedem seiner Worte bedeckt...

Wer mich zum Weinen bringt, entscheide ich immer noch selbst!

... der Tag kommen wird...

... an dem ich seine Hartnäckigkeit als Ausdruck von Liebe empfinden werde?

Ob irgendwann...

Herzlichen
Glückwunsch
zum Abschluss!

Endlich...

*Ich wünsche
mir so sehr,
dass es Liebe
ist.*

and mor
Drittes Alb

NARK CITY

Plan mir ein Gesamtbild zu machen
sind sich beim Spielen wo aufhält
m war mein Verständnis

Was ist
das?

Nein, in deiner Wohnung kann ich besser arbeiten.

Musst du gar nicht nach Hause?

Außerdem liegt mein Kindergarten ganz in der Nähe.

Aha...

Ich frage nur, weil du ständig hier bist.

Das ist mein Praktikumsbericht vom Kindergarten.

Darin muss ich aufschreiben, was heute passiert ist.

Aha...

Du glaubst es nicht, aber...

Das ist in der Tat...

... ein gewaltiges Missverständnis.

... die Leute im Kindergarten, denken, dass ich eine total eifersüchtige Freundin habe!

... den-ken...

Weil ich seit Anfang meines Praktikums jeden Tag mit der Bahn in die entgegengesetzte Richtung meiner Wohnung fahre...

HUST

SPUCK

Du, Mizuki?

Setz dich bitte zu mir!

Okay.

Ich bin schon 22!

Und ich wohne quasi bei dir!

Uff...

Trotzdem sind wir immer noch nicht zusammen! Was hält dich zurück?

Seit meinem Eintritt ins Erwachsenenalter sind schon 2 Jahre vergangen!

Ich wollte dich anständig behandeln. Aber plötzlich wusste ich nicht mehr, wo »anständig« anfängt und endet.

Nachdem ich dich als Mensch kennengelernt habe... Wie soll ich sagen?

Ich bin schon 22!

Ich sag es noch mal!

Als Mensch?

Aber weißt du, wie leer sich die Nächte anfühlen, wenn du mir die kalte Schulter zeigst und mir ins Ohr schnarchst?

Als ich 20 wurde, bekam ich von dir die Erlaubnis, bei dir übernachten zu dürfen!

CHRR CHRR

Meine Libido ist so gesund, wie man das von Studenten erwartet!

Nur dass du es weißt!

STARR

...

Li...

...

Du bist sexy, aber ich muss dich Nacht für Nacht aus dem Augenwinkel anschmachten! Das ist doch kein Leben!

Und dann sagst du mir, dass ich nicht Party machen darf!

Wie bitte?

Auf den Mund gefallen bist du jedenfalls nicht.

Ich verstehe.

Nein, weil ich mich gestählt habe, um überhaupt zu dir durchzudringen.

Nein, ehrlich gesagt überhaupt nicht...

... Seto.

...

Hah...!

Sag doch, dass du mir ein Küsschen gibst...

Allerdings bist du knallrot.

Ein Küsschen?! Wie süß ist das denn?!

Ich lass mich nicht mehr von dir einschüchtern!

Wow, du bist echt kein Kind mehr.

»Magst du mich etwa nicht?« Komm, frag mich das!

Du bist in mich verliebt!

Gib's zu.

Mit tränenverschleierten Augen

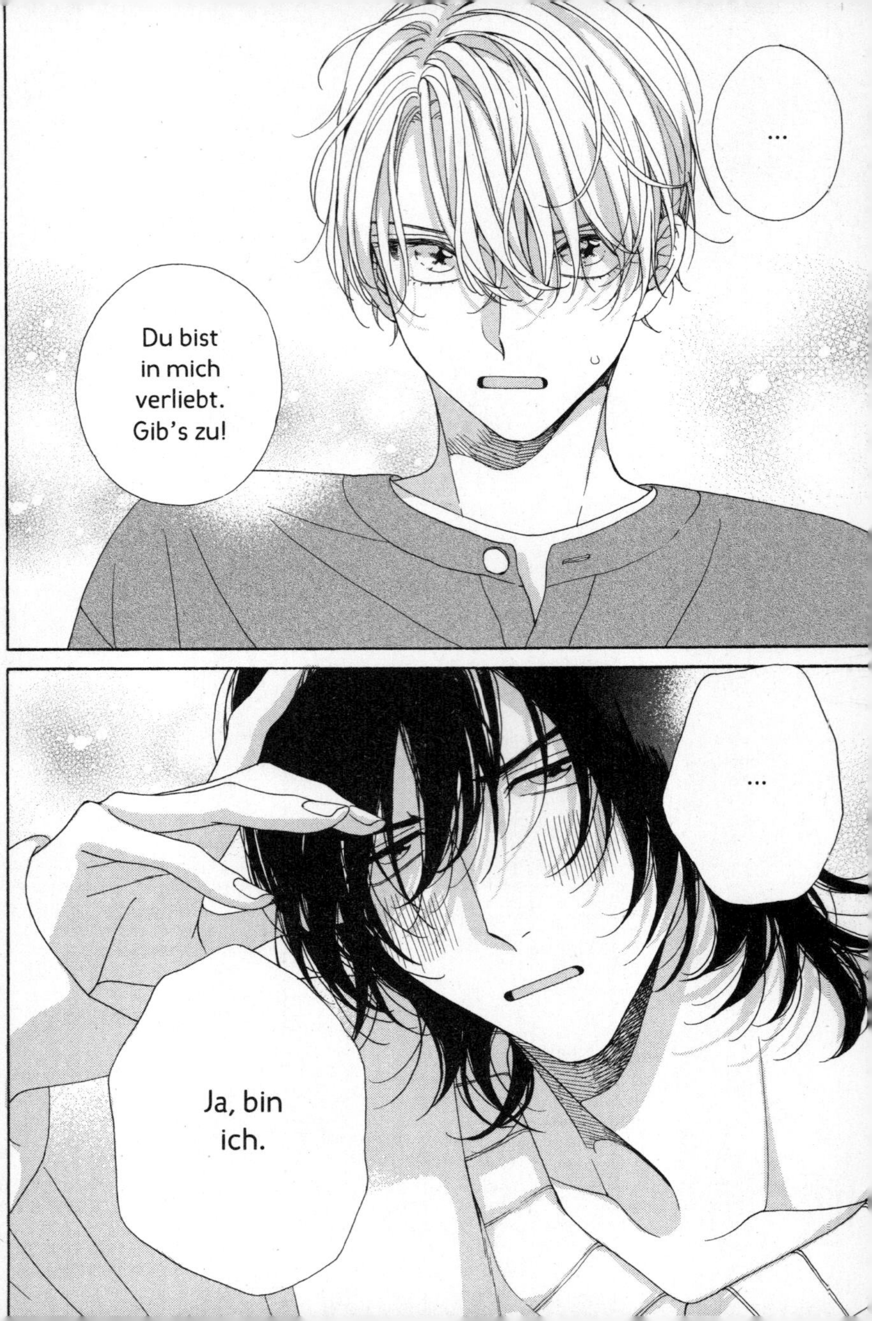
...
Du bist in mich verliebt. Gib's zu!
...
Ja, bin ich.

Danke.

... von
nun an mit
aller Kraft
lieben.

Ich darf die-
sen geliebten
Menschen...

Und du
meins.

Ich ver-
stehe.

Eins lass dir gesagt sein, Seto.

Du hast einen ziemlich schlechten Männerge-schmack!

Ich weiß.

Das sehe ich genauso.

About a Love Song / Ende

about a
love
song

Bonus·Story

Aber tatsächlich
ich hatte ganz
schön mit mir
zu kämpfen.

Es
war eh
klar.

Bitte mach dir auf Schritt und Tritt bewusst, dass du extrem schnell schwach wirst!

Ich flehe dich an! Denk gründlich nach, bevor du handelst! Wir sind Künstler, die beim Kohaku mitsingen!

Kyo

SCHRECK

Mizuki!

Okay!!!

SCHLUMMER
SCHLUMMER

...

...

...

Wie süß!

Waah!

Das ist er im Kindergartenalter!

Setos Mama

Hier! Guck mal!

Also...

... ich hau mich dann mal aufs Ohr.

... kamen Seto und ich am Ende doch zusammen.

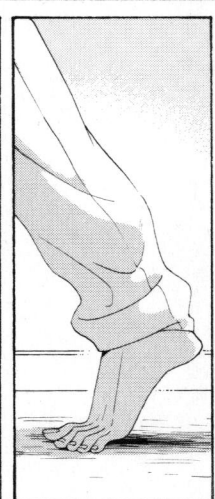

Mhm.

Willst du
da unten
schlafen?

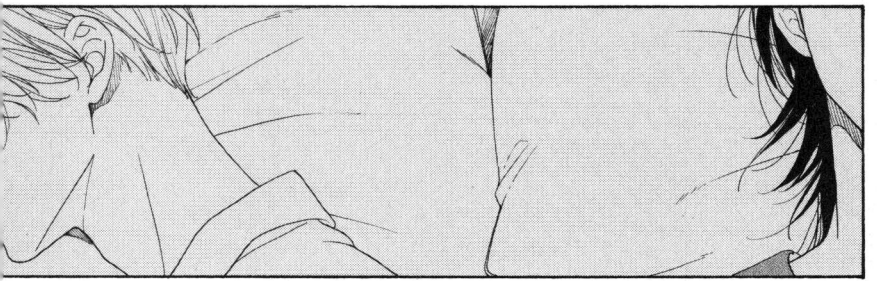

Mhm...

Vielleicht sollten wir hier stoppen...

Könnte schwierig werden.

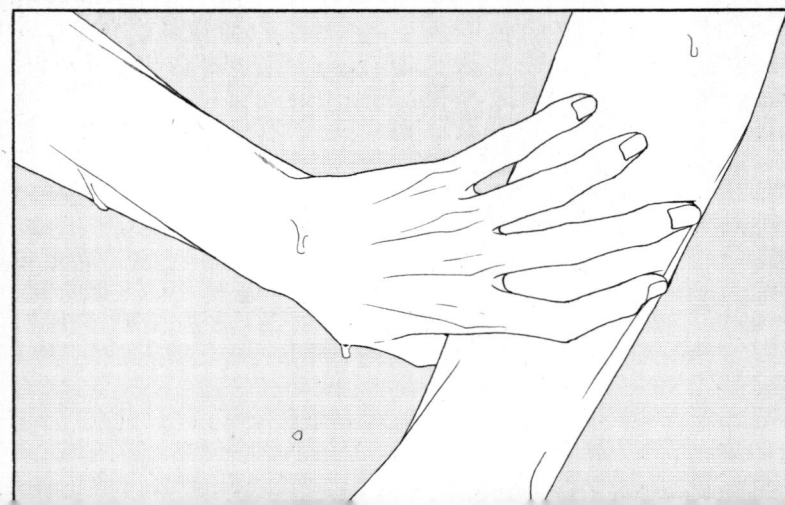

Bonus / Ende

about a
love
song

Sorry, aber das ist die falsche Seite!

about a love song

ist ein japanischer Manga, der originalgetreu von "hinten" nach "vorne" und von rechts nach links gelesen wird! Schlagt das Buch also "hinten" auf und blättert Seite für Seite nach "vorne" weiter! Auch die Bilder und Sprechblasen werden von rechts oben nach links unten gelesen, wie es in der Grafik gezeigt wird! HAYABUSA wünscht gute Unterhaltung!

HAYABUSA
2025 Carlsen Verlag GmbH • Völckersstraße 14–20 • 22765 Hamburg
Aus dem Japanischen von Guido Pink
ABOUT A LOVE SONG
© Hiroko Natsuno 2023 / ShuCream Inc.
All rights reserved. First published in Japan in 2023 by ShuCream Inc.
German translation rights arranged through TOHAN CORPORATION, Tokyo.
Redaktion: Lisa Duty
Herstellung: Maria Niemann
Alle deutschen Rechte vorbehalten.
Wir behalten uns die Nutzung unserer Inhalte für Text und Data Mining
im Sinne von § 44b UrhG ausdrücklich vor.
ISBN: 978-3-551-62515-1

www.hayabusa-manga.de
www.carlsen.de
hayabusa_manga